마트료시카 시침핀 연구회

마트료시카
시침핀 연구회

유형진 신작 시집

POET

아시아

차례

마트료시카 시침핀 연구회 1 – 수은혈(水銀血)　　　　　　　　　8

마트료시카 시침핀 연구회 2 – 납골인(鉛骨人)　　　　　　　　　12

마트료시카 시침핀 연구회 3 – 무너지는 대성당의 시대　　　　　14

마트료시카 시침핀 연구회 4 – 뒤집어진 호주머니를 가진 사람　　16

마트료시카 시침핀 연구회 5 – 태풍이 지나간 자리, 쓰러진 참나무 아래　18

마트료시카 시침핀 연구회 6 – 눈의 깊이　　　　　　　　　　　22

마트료시카 시침핀 연구회 7 – 까만 이모와 '송옥'이와 자개장 속 이야기　24

마트료시카 시침핀 연구회 8 – 걱정의 눈　　　　　　　　　　　30

마트료시카 시침핀 연구회 9 – 변함없는 수순　　　　　　　　　34

마트료시카 시침핀 연구회 10 – 장미나무 주걱과 실리콘 주걱의 애정 방식　38

마트료시카 시침핀 연구회 11 – 육개장의 이백 가지 이모션　　　42

마트료시카 시침핀 연구회 12 – 죄책감 퀼트 대회　　　　　　　46

마트료시카 시침핀 연구회 13 – '호랑이 골동품점'을 찾아가는 '브로콜리 머리'　52

마트료시카 시침핀 연구회 14 – 오늘은 고기압의 영향으로　　　54

마트료시카 시침핀 연구회 15 – 구름관찰자   58

마트료시카 시침핀 연구회 16 – 덕수제화   62

마트료시카 시침핀 연구회 17 – 희망의 소실점   66

마트료시카 시침핀 연구회 18 – 실종   68

마트료시카 시침핀 연구회 19 – 가수의 전생   72

마트료시카 시침핀 연구회 20 – 호조(呼鳥)   76

마트료시카 시침핀 연구회 21 – 고흐의 마을에 내리는 비   80

마트료시카 시침핀 연구회 22 – 산책   82

마트료시카 시침핀 연구회 23 – 인형의 빨간 부츠   84

시인노트   89

시인 에세이   93

해설   97

유형진에 대해   113

마트료시카
시침핀 연구회

POET

# 마트료시카 시침핀 연구회 1
_수은혈(水銀血)

자신의 나이는 400세가 넘은 지 오래라고 했다. 한여름이었는데도 그는 목깃이 있는 차이나칼라의 셔츠를 입고 있었고, 리넨 재킷을 입고 있었다. 갈릴레이가 지동설을 주장하던 법정의 배심원으로 있었던 기억을 떠올리면서 이런 말을 했다.

— 그는 참 거침없는 자였어요. 그의 말이 맞는다는 것을 재판관도 너무 잘 알고 있었지만, 교황청의 지시 때문에 어쩔 수 없었을 겁니다. 그의 목을 지켜준다면 자신의 목과 자신에게 딸린 여러 가솔을 생각하지 않을 수 없었을 테니까요. 그리고 그의 집안 명예는 또 어떻게 되겠습니까?

그는 자신의 혈관 속엔 피 대신 수은이 흐른다고 했다. 그래서 상처가 나면 큰일이라고. 그의 안색이 다른 사람보다 창백해 보인다고 생각한 것은 그 말을 한 이후였다. 그전에는 피부색이 맑고 하얘서 귀티 있어 보인다고 느꼈을 뿐이다.

　— 물론 처음부터 수은은 아니었습니다. 저도 아주 예전엔 당신과 같은 따뜻하고 붉은 피가 흐르는 사람이었지요. 진시황제가 혹시 어떻게 죽었는지 아십니까? 수은중독으로 죽었어요. 불로장생 명약을 만들라는 명령으로 당시 중국의 연금술사들에게 수은은 명약을 만드는 재료였거든요. 시황제의 무덤엔 수은으로 된 강과 바다가 흐른다고 하지요.

　그가 어떤 경로로 전체 혈액을 수은으로 수혈받았는지 궁금했지만 그의 이야기를 듣다 보면 자연히 알게 될 것 같아 재촉해서 묻지 않았다. 그가 진시황릉의 수은

강과 바다 이야기까지 하자 주문한 홍차가 나왔다. 홍차의 이름은 '나일강에서'[*]였다. 잔에 홍차를 따르며 그는 다음 이야기를 이어갔다.

— 1926년 시카고에서 있었던 일입니다. 그날 토니를 만난 것은 나에게 행운이었어요. 저는 그때 이탈리아 마피아에게 쫓기던 몸이었습니다. 당시 시카고는 금주법 때문에 갱들의 전성시대였죠. 카포네 일당 중 하나였던 토니와 저는 40갤런의 밀주 위스키를 운반하던 차를 하나 훔치기로 했어요. 어차피 도둑질한 건데 우리가 다시 훔치면 어떤가? 우리에겐 아무런 죄책감도 없었습니다. 우리가 아이오와로 넘어가기 직전, 잡힐 뻔했지만 미시시피 증기 기관선의 갑판원 한 명이 토니의 사촌이어서 구사일생으로 살 수 있었지요. 그 밀주를 판 돈으로 제

* 마법 갤러리, '달' 카페의 홍차 이름.

혈액을 수은으로 바꿀 수 있었던 겁니다. 미국의 금주법이 아니었다면 저는 20세기 초에 이미 미시시피강의 고기밥이 되었을 겁니다.

'나일강에서'가 담긴 티 포트가 다 식고, 찻잔도 다 비워지자 그는 자리에서 일어났다.

— 그럼, 다음에 또.

그는 의자에 놓여 있던 리넨 재킷을 들고 나가며 나에게 목례를 하고 찻집 문을 열었다. 그가 연 문으로부터 연한 일랑일랑의 향기가 흘러들어왔다. 사실, 나의 모든 뼈 또한 납을 합금한 티타늄이라는 것을 나는 그에게 말하지 않았다.

마트료시카 시침핀 연구회 2

_납골인(鉛骨人)

어딘가 먼바다

반짝이는 별들이 잠들어 있는 바다

거기 깊숙이 누군가 던져놓은 배관함

집을 비운 사이

택배기사는 물건을 배관함에 놓고 간다

도착한 물건은 어디에서 왔는지 발신인이 없다

물건이 놓인 배관함엔 가지런한 배관들

어디서 와서 어디로 가는지 모를 배관들

발신인 없는 택배 상자를 꺼내어

또박또박 적혀 있는 내 이름을 확인한다

커터를 가져와 박스를 연다

물거품 같은 에어캡을 거둬내니
검은 형체의 그것, 매운 냄새가 난다

무겁고, 어두운 세 점의 물건은 납으로 된 뼈
척추뼈 하나
갈비뼈 하나
정강이뼈 하나 그리고 맨 밑에
붉은 줄이 그어진 노란 포스트잇에 메모가 적혀 있다

"당신의 유골을 고향으로 보내드립니다. 다른 유골
은 안타깝게도 수습하지 못했습니다."

납 뼈가 놓여 있던 배관함에서
강릉 앞바다의 파도 소리가 올라왔다

밤 11시 57분이었다

마트료시카 시침핀 연구회 3
_무너지는 대성당의 시대

아끼던 책이 한 권 있습니다. 손에 쥐고 다니다, 갑자기 치한이 공격할 때 머리를 내려치면 순간적으로 정신을 혼미하게 할 정도의 무게와 두께를 가진 책입니다. 나는 이것을 어디를 가든 갖고 다니며 열 번쯤 읽었습니다. '쯤'이라고밖에 말할 수 없는 것은 읽다 말다 여러 번 해서 내가 이 책을 정확하게 얼마나 읽었는지 모르기 때문입니다. 나는 책을 잡으면 한 번에 끝장을 보며 책을 다 읽을 수 없는 처지라('처지'라고 말할 수밖에 없는 내 '처지'를 이해해주시길) 읽다 만 책을 잡으면 앞부분부터 다시 읽곤 했던 적이 많아서 정확하게 몇 번을 읽었는지 셀 수가 없습니다. 한번은 책을 읽다가 이것은 꼭 언젠가 읽었던 것 같군, 하며 넘어간 적도 많았으니까요. 책의 내용 중에 어떠한 점이 맘에 들어 그렇게 자주 읽고 아끼는 것인지 여기서는 말할 필요가 없을 듯합니다.

어느 날 그 책에 무엇인지 알 수 없는 액체가 묻어서 책의 모서리 부분이 젖어 있었습니다. 나는 대수롭지 않게 생각했습니다. 하지만 그 후 책은 모서리부터 점점 검게 변했습니다. 액체가 마르면 종이가 조금 쭈글쭈글해지겠지만 뭐 읽는 데는 문제 없을 거라 생각했지요. 하지만 그것은 나의 착각이었습니다. 책은 모서리 부분부터 점점 검게 변하더니 글자들이 검은 액체에 젖어 먹혀가기 시작했습니다. 이제 독서가 어려울 지경이 되었습니다. 그래도 남은 글자들을 조합하여 몇 번이나 읽어보았던 나머지 부분을 읽어보려 노력했습니다. 마침내 책은 액정이 고장 난 핸드폰의 검은 화면처럼 변해버렸습니다. 어느 페이지를 열어봐도 검은 페이지뿐이었습니다. 나는 그래도 그 책을 열심히 보았습니다. 검은 페이지에서 무너지고 있는 것들을. 나는 뚜렷하게 볼 수 있었습니다. 이젠 표지의 제목마저 사라진, 그 책의 제목은 『대성당의 시대』였습니다.

마트료시카 시침핀 연구회 4
_뒤집어진 호주머니를 가진 사람

그에겐 겨울 외투라곤 단 한 벌뿐인데, 그 외투의 호주머니는 늘 뒤집어져 있다. 호주머니를 뒤집고 다니는 것은, 나는 돈이 없어요, 오늘의 데이트비용은 당신이 지불해야겠어요, 라는 뜻의 완곡한 표현이라는 것을 나는 모르는 것이 아닌데 호주머니가 늘 텅 빈 사람과 데이트를 하는 것은 즐겁지는 않은 일. 그는 가난한 시인인데 — 시인은 왜 가난해야 해? 사람들이 시집을 안 사니까 — 사람들이 왜 시집을 안 사? 시를 안 읽으니까, 시집 따위 관심이나 있을까? — 왜 시를 안 읽어? 시보다 재밌는 것이 많아서 — 시를 재미로 읽나? 그럼! 재미로 시를 읽지, 시를 읽고 무슨 위대한 깨달음이라도 얻을까 봐? 나는 시집이 잘 팔리지도 않은 재미없는 시를 쓰는 시인을 애인으로 둔 바보 같은 사람인데, 하필이면 그에겐 겨울 외투가 단 한 벌. 그의 뒤집어진 호주머니엔 먼지와 바람과 오늘치 운세의 타로카드 한 장이 들어 있다. 푸른 옷을 입은 여사제의 타로카드가 11월의 '폴란드 망명정부의 지폐'* 같은 플라타너스 낙엽과 함께 떨어진다. 뒤집어진 호주머니를 가진 나의 시인이여, 한 번이라도 마블 영화보다 신나는 어드벤쳐 오락 시를 쓰는 시인으로 거듭나서 제발, 뒤집어진 호주머니에 금화가 가득 들어 있었으면 좋겠다. 단 한 번이라도.

* 김광균의 시, 「추일서정」 중에서

마트료시카 시침핀 연구회 5
_태풍이 지나간 자리, 쓰러진 참나무 아래

버섯의 말을 들어본 적이 있는가?

어디서부터 날아왔는지, 혹시 4억 3천만 년 전부터 날아왔는지도 모를 포자 속에 숨어 있다, 적당한 온도와 습도가 되면, 눈에 보이지도 않는 작고 동그란 포자가 펑! 하고 터져, 고요한 그늘 밑에서, 바람도 좀 도와줘야 하고 알맞게 비도 내려주어야 하고 그래야 버섯이 버젓이 피어…… 나 여기 있어, 나 여기서 숨 쉬고 자라고 있어, 그늘은 우리의 안식처, 우리는 죽은 것들을 사랑해, 죽지 않아도 죽어가는 것들을 사랑해, 죽어가는 것들의 낡은 겨드랑이에서 우리는 피어나지, 그러나 우리를 곰팡이 족속들하고 비교하진 말아줘, 굉장히 기분 나빠, 곰팡이들은 우리의 먼 친척이긴 하지만 우리는 서로를 몰라……

언제부터 그랬는지 모르지만 버섯과 곰팡이들은 왕

래를 하지 않은 지 오래되었다고 한다 오케스트라로 치자면 더블베이스와 콘트라베이스의 관계랄까? 같이 있으면 더 풍성해 보이지만 둘 중 한 족속만 있어도 음악이 되듯, 그래서 오래된 숲에는 버섯과 곰팡이들이 서로의 영역을 침범하지 않고 피어 있지 숲은 버섯의 오래된 그리움, 그리움의 그리움의 그리움, 혼자 쓰러져 조용히 썩어가는 참나무 최후의 친구들

기계톱 소리가 들린다 어딘가 가까운 곳

그늘은 사라지고 이제 숲의 세계는 끝, 촉촉하고 보드랍고 씹으면 물컹, 터져버리는 그늘의 세계여, 이제 그만 안녕! 기계톱과 포크레인의 포효를 멈출 손이 어디에 있는지 우리는 모르니까, 마지막 버섯 포자들도 곰팡이처럼 쨍쨍한 가을하늘을 떠돌다 비염의 소지가 되어버리는 결말의 이야기가 되어버렸으니, 죽어 다시 태어나

는 것이 없는, 온통 죽음만으로 끝나는 계절이 도래했으니, 홈플러스의 플라스틱 팩에 담긴 안쓰러운 버섯이여, 그간 나누었던 우리의 대화는 없었던 것으로 하자 그러나 아직도 모르는 어딘가 태풍이 지나간 자리, 참나무 아래 버섯이 피어 있고

마트료시카 시침핀 연구회 6
_눈의 깊이

어제까지는 세상만사 다 귀찮아서 짜증과 히스테리가 이만저만이 아니었어요. 찬장에 사다 모은 접시들을 꺼내어 창밖으로 하나하나 던지며 스트레스를 풀었지요. 내가 던진 접시 중에는 영국 황실에서 쓴다는 '로열 알버트'도 있었고, 백악관 디너 세트라는 '레녹스'도 있었어요. 아끼던 접시들을 다 집어 던지고 와장창 깨지는 소리를 듣고 난 후 잠이 들었더니 어제저녁부터 서서히 보통의 감정으로 돌아왔어요. 그렇게 집어 던질 거면서 왜 그런 비싼 접시를 왜 사 모으냐고요? 왜긴요? 이렇게 스트레스 받을 때 집어 던지면서 풀려고 사는 거죠. 근사하잖아요. 화날 때 신문지를 구기거나 찢어발기는 짓은 누구나 할 수 있는 일이잖아요. 나는 특별한 사람이니까 스트레스도 특별하게 풀곤 한답니다. 그렇게 접시를 깨트리고 난 후 평온한 일상의 감정으로 돌아온 나는, 오늘 아침 사표를 찢어 버리고 다시 출근했습니다.

오늘도 조울증 부장은 거래처와 전화를 끊고 나서 책상을 쾅쾅 내리치네요. 부장의 책상이 만약 스와로브스키 크리스털로 되어 있다면 부장은 저런 짓을 했을까? 그 생각을 해보니 좀 우스워집니다. 반짝거리는 투명 크리스털 사이에 부장의 주먹에서 흘러나온 붉은 피가 튀어 뚝뚝 흐르는 장면들. 그런 장면도 사실 그냥 넘어갈 수도 있지만, 나는 인간의 감정 추이와 변화 곡선을 냉철하게 분석해보고 미래를 이성적으로 예측하는 인디언 할머니의 피가 0.00000001mL 섞여서 도는 사람이라, 가만있을 수 없어서 '수수알기계'*를 돌려봤습니다. 부장은 지금 혈압이 비정상적으로 높습니다. 맥박도 사정 없이 뛰고요. 아무래도 내일쯤 오전 반차를 내고 병원에 가볼 것 같네요.

* '마트료시카 시침핀 연구회'에서 오랫동안 관리해온 과거 추산 미래 예측 계산기

마트료시카 시침핀 연구회 7
_까만 이모와 '송옥*'이와 자개장 속 이야기

어릴 때 송옥이는 내 옆에 항상 붙어 있었어 내가 화장실을 가던, 골목에서 구슬치기를 하던, 나만 따라다녔어 우리 집에 함께 살던 이모가 송옥이는 나에게 붙은 혹 같다고 말했어 무슨 고양이가 그래? 니 고양이는 꼭 강아지 새끼 같아

이모는 나보다 두 살 많은데 얼굴이 까매 아무리 세수를 해도 그랬어 그런 우리 이모에게 동네 애들은 야, 튀기! 하고 부르곤 했어 그럴 때면 우리 이모는 가장 튼튼한 막대기를 들고 돌멩이를 던지며 아이들에게 소리쳤어 갓뎀, 썬 어브 비치! 늬들 불알을 까고 자지를 확 뽑아버리기 전에 주둥이 안 닥쳐! 아이들은 튀기 년이라 욕도 잘한다고 소리 지르며 도망을 가지

---

* 송옥은 아직도 살아 있는 고양이의 이름, 그러나 어디에 살아 있는지 아무도 모름.

이모의 아빠는 우리 외할아버지가 아니래 이모의 아빠는 군인이었는데 카투사 중에 가장 태권도를 잘하는 군인이었대 이모의 아빠가 발차기하면 바람이 두 쪽으로 갈라졌다고 그래 나는 안 봐서 모르겠지만 바람이 두 쪽으로 갈라지는 건 어떤 모양일까? 이모도 나도 아빠가 없어서 아빠는 엄마들의 이야기 속에만 있지, 너희 아빠는 이랬다고, 엄마랑 외할머니의 이야기만 들으며 컸어 나는 우리 아빠가 하나도 안 궁금해서 물어본 적이 없지만 이모는 만날 물어봐, 우리 아빠는 어떤 남자였어? 골목에 사는 저런 새끼들이랑은 달랐지?

우리 외할머니는 가방이 엄청나게 커 그 속엔 미제 캐러멜과 동그란 분첩에 든 코티분과 바셀린 로션과 팔레트에 담긴 아이섀도, 야릇한 냄새가 나는 색색깔의 루주들 예쁜 통에 든 향기로운 콜드크림들, 레브론 비누 그

리고 동그란 치즈와, 얇고 납작한 치즈, 통에 든 버터, 딱
딱한 팝콘 옥수수가 든 봉지와 각설탕, 스카치 캔디와
후르츠 드롭스, 예쁜 향수병처럼 생긴 병에 담긴 술들
이 들어 있었어 우리 외할머니 가방은 일종의 요술 가방
같은 건데, 할머니는 그 가방이 비워지면 또 채우러 나
가고 비워지면 또 채우러 나가고 그러셨어

　할머니가 신기한 물건들을 가지러 부대에 가고 엄마
는 아랫동네 양복점으로 천 자르는 일을 하러 가면 나와
까만 이모는 하루종일 놀았어 학교도 안 가고 송옥이랑
함께 송옥이는 까만 이모처럼 까만 고양이인데 부대에
있던 이모의 엉클이 이모에게 주고 미국으로 갔대

　이모랑 송옥이랑 나는 천장의 꽃무늬 세기 놀이를 하
다가, 잡지로 딱지도 접다가, 캐러멜도 먹다가, 알타리

를 꺼내서 누룽지밥을 먹다가, 남의 집 담장 아래 끈끈
이에 붙은 쥐들을 풀어주러 다녔어 동네 쥐들이 많아져
야 우리 송옥이가 좋아하니까.

　쥐 풀어주기 놀이도 지루해지면 우리는 다시 집에 돌
아와 차가운 물을 마시고 방 안에 앉아서 자개장 속의
그림으로 이야기 짓기 놀이를 했어

　바위에 앉은 학 두 마리가 연못의 거북이 등을 쪼고 있
어요 그럴 동안 거북은 잠만 자네요 학이 쫀 거북이 등이
갈라지고 그 안에서 뜨거운 동그라미랑 차가운 동그라미
가 튀어나와 해와 달이 생겼어요 해와 달은 소나무 사이
에서 숨바꼭질하며 놀다가 먹으면 늙지 않는다는 버섯
위에 올라갑니다 버섯은 해와 달이 차갑고 뜨거워서 물
속에 뛰어들어요 그걸 구경하던 사슴이 물속에 헤엄치던

버섯을 구하려 뛰어들었네요 물 옆에 서 있던 대나무가
가지를 휘어 사슴뿔에 걸어 사슴을 구해줍니다 사슴은
물에 젖은 뿔을 말리러 산으로 올라가고 해와 달이 사슴
을 비춰주면 사슴의 양쪽 얼굴은 희고 밝게 빛납니다

　자개장 속 이야기가 끝나면 우리는 연탄불이 살았나
죽었나 아궁이를 살피러 갔어 아직 불이 남았으면 그 위
에 석쇠를 올리고 가래떡을 구워 먹었어 가래떡 위엔 가
끔 진짜 가래처럼 캐러멜도 얹어서

　엄마도 할머니도 늦은 밤이 되도록 돌아오지 않는 날
이 있어 전구는 깜박깜박하다 드디어 나갔고 아랫목도
점점 차갑게 식어 가는데 송옥이는 나에게만 붙어 있고,
이모는 그런 송옥이도 나도 싫다고 괜히 화를 내 혼자만
담요를 돌돌 말고 티브이를 보는데 지지직거리는 에이에

프케이엔 나는 알아듣지도 못하는 영어로 쌀라쌀라……
이모는 얼굴도 모르는, 한 번도 만난 적 없는 자기 아빠가
미국에 있다며, 자기를 찾아올 거래 그러면 언젠가 자기
는 미국에 갈 거래 나랑 송옥이 따위 없는 미국에서 치즈
를 얹어서 버터에 비빈 밥도 자기 혼자 다 먹을 거래

　나는 그러라고 했어 나에겐 송옥이만 있으면 되니까
차가운 방에 까만 이모도 자고 까만 송옥이도 잠든 밤
지지직거리는 에이에프케이엔이 틀어진 화면만 하얗
게 떠 있는 밤 엄마도 할머니도 언제 오실지 모르는 밤
테레비에선 이모처럼 까만 여가수가 피아노에 맞춰 노
래해 하얀 드레스를 입고 목구멍 속 심장이 보일 정도로
입을 크게 벌리고 나는 혼자서 계속, 계속…… 자개장
속 이야기를 만들어냈어 자개장 속 사슴은 내 눈이 파랗
다고 한 번도 놀리지 않았으니까.

마트료시카 시침핀 연구회 8
_걱정의 눈

슈베르트를 듣고 있었는데

누군가 창문을 두드리는 소리에 창밖을 내다봤습니다

이상하다 우리 집은 43층인데……

기다란 소방사다리에 올라탄 남자였습니다

사다리는 우리 집 창문에서 옆 동 창문으로 이어져 있었습니다

언젠가 미국여행을 떠난 친구가 보낸 엽서에 그려진

샌프란시스코의 금문교처럼 보였습니다

이리로 빨리 건너오세요

왜요?

그 집에서 연기가 나고 있어요!

연기가 아니고 음악이에요

음악은 위험해요 질식해서 죽을 수도 있어요!

음악 듣다 죽으면 어때서요?

처음 보는 남자와 이런 대화를 하던 중에
금문교 같은 소방사다리는 조각조각 깨지더니
육각형의 작은 비트가 되어
43층 아래로 흩날리는 것이었습니다

홀리 아주머니의 눈도 이런 식이었을까?
하지만 21세기의 눈은
홀리 아주머니가
깃털 베개를 흔들어 내린다는 동화보단
쓸데없는 걱정이 흩어져 내린다는 편이
더 어울린다는 생각이 듭니다

소방사다리와 낯선 남자가

조각조각 흩날리는 풍경을 보며

나는 죽을 각오를 하고

슈베르트의 가곡을 들었습니다

마트료시카 시침핀 연구회 9
_변함없는 수순

모자 속에 모자 속에 모자 속에 모자

맥주 속에 맥주 속에 맥주 속에 맥주

커피 속에 커피 속에 커피 속에 커피

아이 속에 아이 속에 아이 속에 아이

죽음 속에 죽음 속에 죽음 속에 죽음

자전거를 타고 내리막을 내려가고 있었다

내리막 속에 내리막 속에 내리막 속에 내리막을

내리막이 끝나는 지점은 간이음식점이 즐비한 식당가

이제 사람들은 아무도 집에서 밥을 짓지 않는다

사람들은 폴 매카트니가 더 좋냐 존 레넌이 더 좋냐

말싸움하고 있고, 주문한

토마토 스파게티와 순두부찌개가 나왔다

'수'는 스파게티를 먹고 '순'은 순두부찌개를 먹고

그렇게 '수-순'은 늘 변함없다

분식집 속에 모자 속에 맥주 속에 땅콩
좌뇌를 열고 땅콩을 꺼내고
맥주를 모자에 따라 마셨다
분식집에서 그렇게 하는 것은 예사로운 일이라
모두들 그렇게 했다

식사를 마치면 다시 오르막을 올라
사무실로 가야 하는데
오르막 속에 오르막 속에 오르막 속에 오르막을
분식집 앞에 로드킬 당한 아이들의 시신이 있었다

아무도 아이들 시신을 수습하지 않았다
이맛살을 찌푸리는 사람들,
조간신문을 읽는 사람들, 그리고

분식집 사장이 구청에 전화를 걸었다
장사에 방해되니까 얼른 아이들 시신을 치워주세요

피가 얼룩진 거리
소방전에서 꺼낸 호스로 물을 뿌리는 남자
테이크아웃 커피를 사러
포장마차 카페에 줄을 서 있는 여자
카페 속에 모자 속에 커피 속에 크림
우뇌를 열고 크림을 꺼내 커피에 넣고
모자로 저어 식지 않게 캡을 닫는다
'수'는 카페라테를 마시고
'순'은 아메리카노를 마시고
그렇게 '수-순'은 늘 변함 없다

모자 속에 맥주 속에 커피 속에 아이 속에 죽음

마트료시카 시침핀 연구회 10
_장미나무 주걱과 실리콘 주걱의 애정 방식

그는 당근을 볶을 때 실리콘 주걱을 쓴대요.

나는 나무 주걱을 쓰고요.

나의 장미나무 주걱은 십 년 되었어요.

그의 실리콘 주걱은 일 년 되었다고 하고요.

내가 주로 사용하는 나무 주걱은 주걱의 목 끝부분이
닳아 있어요. 요리할 때 주걱에 묻은 양념들을 냄비에
털어 넣으려고 탁, 탁, 세게 팬을 두드려온 탓이죠. 자주
쓰는 중국식 편수 냄비의 한쪽 끝도 닳아 있어요. 주걱
에게 하도 맞아서. 주걱과 팬의 부딪힘으로 닳아 없어진
나무와 쇳가루들은 다 어디로 갔을까요.

그의 실리콘 주걱은 양념이 잘 묻지 않아서 냄비에 대
고 양념을 털어낼 일이 없대요, 그래서 그의 냄비는 항
상 새것 같고요. 그가 나보다 요리를 자주 하지 않아서

그런 것 아니냐고요? 글쎄요. 나와 만나지 않는 동안 그가 얼마나 자주 요리를 하는지 모르기 때문에 정확하진 않지만, 적어도 나만큼은 할 거라는 확신이 있어요.

그를 만난 건 '마트료시카 시침핀 연구회'의 일곱 번째 정기모임에서였어요. 그날 '마시연' 모임의 주제는 '조리도구'였거든요. 회원들은 각자 자신이 가장 애정하는 조리도구에 대한 발표를 준비해서 프레젠테이션하는 날이었어요. 많은 회원들이 '실리트 압력솥'이랄지, 광파오븐, '도깨비방망이'라는 핸드 블렌더로 홈메이드 마요네즈와 샐러드 소스를 만드는 프레젠테이션을 하는데, 나와 그는 '가장 아끼는 주걱'에 대한 발표를 한 거예요. 심지어 어떤 회원은 일제시대 기미년에 시집온 할머니가 쓰시던 주물 솥과 언제 만들어졌는지 연도 파악도 안 되는 맷돌에 관한 발표를 하고 있는데 말이죠.

내가 장미나무 주걱에 대한 짧은 발표를 마치고 내 자리로 돌아와 얼굴이 빨개져 있을 때, 그가 이렇게 말했어요.

혹시 그거 알아요? 멕시코에 가면 고급 장미나무로만 만돌린을 만든다네요. 로즈 우드는 목재 중에서도 단단하고, 세월이 많이 흘러도 휘지 않는 나무라서. 최상급 악기의 울림통으로 손색이 없거든요.

그 후로 나는 당근이나 양파를 볶을 때마다, 볶음밥을 하고 카레를 끓일 때마다, 최상급 악기의 울림통에서 흘러나오는 음악의 리듬을 내 낡은 냄비에게 들려줄 수 있게 되었죠.

마트료시카 시침핀 연구회 11
_육개장의 이백 가지 이모션

 사람들은 말이야, 오이미역냉국이나, 설렁탕, 김치찌 개나 육개장에게 감정이 없을 거라고 생각하는데 정말 그럴까? 정육으로 쓰였던 축산품들도 언젠가는 살아 있었던 소나 돼지, 닭이었고, 그들에게도 감정이 있고, 영혼이 있다는 것은 믿고 싶진 않지만 알려진 사실이지. 그런 정육가공품을 식물이었던 채소와 곡류, 각종 씨앗이나 열매를 갈아 만든 향신료를 넣어 열을 가해 끓였기 때문에, 우리가 먹는 '국물 음식'은 감정이라는 것이 없다고 생각하잖아. 그런데 말이야, 정말 그럴까? 당신은 그걸 확신해?

 내가 겪은 이야기를 해주면 당신은 아마 놀라 자빠질 거야. 내가 아는 '육개장의 이백 가지 이모션'에 대해서 그리고 나는 그것을 어떻게 만났으며, 그것이 내 정신과 의식에 미친 엄청난 영향에 대해서. 그것은 내가 마르크스의 '공산당 선언'[*]을 읽었을 때보다도 충격적이었고, 베를린 장벽이 무너졌다는 뉴스를 봤을 때보다도 충격 적이었고, 김대중 전 대통령이 김정은을 만나던 사건보 다 훨씬 더 충격적이었어. 나는 지금 감히 말하는데,

하나의 유령이 한반도를 배회하고 있어. '육개장의 이 백 가지 이모션'이라는 유령이. 지금까지의 모든 사회의 역사는 '음식 투정'의 역사였고 식재료였던 정육, 채소, 곡류와 각종 열매인 과일, 그것들을 수확하는 농민, 어 민과 식량 생산의 모든 과정에 참여했던 정부와 지자체 공무원, 각종 농수산·축산 담당 정책자들, 그리고 그렇 게 생산된 농수산·축산품들을 식재료와 식가공품으로 만들어내는 공장과 유통업자들, 그리고 마트에서 장을 봐와서 최종으로 소비하여 요리를 하는 그 모든 사람들

---

* 본문의 이탤릭체는 마르크스의 「공산당 선언」에서 변용.

의 영원한 적대 관계와 알게 모르게 만들어진 억압자와 *피억압자들의 관계들을*. 나는 '육개장의 이백 가지 이모션'을 통해 알게 되었어.

여덟 번째 면접을 보고 오던 무더운 어느 날, 내 주머니엔 단돈 육천 원밖에 없었어, 나는 그 돈을 가지고 마트에 들어가 레토르트 파우치에 담긴 '육개장' 한 봉지를 샀어. 생각해보니 집에 해놓은 밥도 없어서 한 봉지에 3천8백 원 하는 육개장과 1천2백 원 하는 햇반도 하나 사 왔지. 봉지를 뜯어 육개장을 덜고, 햇반은 윗부분 비닐을 살짝 뜯어 전자레인지에 넣고 돌려놓았어. 그리고 먼저 데워진 햇반을 꺼내고, 내열 플라스틱 뚜껑이 덮인 육개장에서 흘러나오는 냄새와 그 훈김. 그 훈김에서 음식 한 그릇에 불과한 '육개장'이 그 충격적인 '이백 가지 이모션'을 한꺼번에 나에게 드러내었을 때, 결국 육개장의 이모션 따위는 하나도 모르는 인간들은 백여 년 전 마르크스가 말하던 부르주아지였고 이 세상 그 모든 프롤레타리아트인 식재료들은 육개장의 혁명에 의해 끝내 승리하리라는 말을 들었을 때는 전신에 소름이 쫙 끼쳤다는 것을 여기서만 고백할게.

마트료시카 시침핀 연구회 12
_죄책감 퀼트 대회

이번 가을, '마트료시카 시침핀 연구회' 주최로 죄를 모르는 자들의 죄편(罪片)을 잘라 이어붙이는 〈죄책감 퀼트 대회〉가 열렸습니다.

#마름질

어디서 왔는지 알 수 없는 귀뚜라미 두 마리가 있습니다. 한 마리는 두더지를 닮아서 두더지귀뚜라미, 다른 한 마리는 박쥐를 닮아서 박쥐귀뚜라미로 불립니다. 두더지귀뚜라미는 손을 쓰고, 박쥐귀뚜라미는 발을 써서 웁니다. 이들은 한때 거짓말을 잘하는 피노키오들의 양심 역할을 했었는데, 요즘 피노키오들에겐 양심이 붙은 채 생산되기 때문에 수공을 들여 하나씩 뽑히는 귀뚜라미들은 이 시스템에선 더 이상 쓸모가 없어졌습니다. 그러나 그렇게 대량으로 생산되는 양심들 중엔 불량도 많아 '죄책감'을 모르는 피노키오들이 적지 않게 거리를 활보하고 있습니다.

#홈질 또는 박음질

두더지귀뚜라미는 앞을 못 봅니다. 하지만 두더지귀
뚜라미 집안에서 대를 물려 전해 내려오는 검은 안경을
쓰면 어떤 피노키오의 양심이 불량인지 보입니다. 박쥐
귀뚜라미는 귀가 안 들립니다. 하지만 박쥐귀뚜라미 집
안에서 대를 물려 전해 내려오는 보청기를 끼면 어떤 피
노키오가 거짓말을 하고 있는지 들립니다. 하지만 요즘
이들의 능력을 사려는 곳은 어디에도 없습니다.

#시접 접기

당나귀들의 클럽파티에 초대된 'PIN-2376'과
'OKIO-6598'은 회사에서 오늘까지 작성해서 레이저
팀에 넘겨야 하는 작업지시서와 CAD 도면을 다 그려놓

지 않았습니다. 하지만 당나귀들의 클럽파티는 오늘 꼭 해야 할 일을 하지 않은 피노키오들만 오는 곳. 그런 피노키오들이 많아야 당나귀들도 먹고 사니까요. 또 그런 업소가 있어야 양심이 불량인 피노키오들도 적당히 스트레스를 풀며 살 수 있습니다. 양심이 똑바로 박힌 피노키오들은 스트레스를 모르고 지냅니다. 무엇이 옳고 그른 것인지 잘 알아서 자신의 활동 때문에 시스템이 정지되게 하는 일이 한 번도 없습니다. 그런 양심적인 피노키오들 때문에 이 시스템은 하자 없이 굴러갑니다. 양심이 불량인 피노키오들은 자신의 스트레스 원인이 무엇인지도 모른 채 불안한 마음을 안고 살아가고 있습니다. 그런 불안이 쌓이고 쌓여 극에 달하면 어떻게들 알고 당나귀들이 그런 피노키오들을 클럽파티에 초대합니다.

#뒤집기 그리고 공그르기

당나귀들의 클럽에서 한창 파티가 무르익고 있는 시간, 두더지귀뚜라미와 박쥐귀뚜라미가 클럽에 입장했습니다. 당나귀들의 콜을 받고 온 것입니다. 그들은 집안에서 대대로 물려 전해 내려오는 검은 안경과 보청기를 쓰고 불량 피노키오들을 가려내어 잡으러 온 것입니다. 당나귀클럽은 사실, 중앙시스템에 심어놓은 보안장치 같은 것입니다. 양심이 불량인 피노키오들 때문에 말단시스템부터 무너져 내린다면 이 세계는 끝장입니다. 'PIN-2376'은 두더지귀뚜라미의 검은 안경에, 'OKIO-6598'은 박쥐귀뚜라미에 의해 색출되었습니다.

#다림질

'PIN-2376'과 'OKIO-6598'은 '모디피케이션 존'으로 이송될 것입니다. 그동안 쓸모없을 것 같은 두 귀뚜라미에 의해서 시스템은 다시 평온을 되찾았습니다. 하지만 시스템 에러는 얼마든지 생길 수 있고, 불량한 양심을 가진 피노키오들은 언제든 생산될 수 있습니다.

이번 가을, '마트료시카 시침핀 연구회' 주최. 〈죄책감 퀼트 대회〉에 수상자는 없습니다.

마트료시카 시침핀 연구회 13
_'호랑이 골동품점'을 찾아가는 '브로콜리 머리'

숲속 '호랑이 골동품점'에는 없는 것 빼곤 다 있다고. 내가 가는 앞길에 나뭇가지가 비처럼 후드득 떨어진다. 산비둘기 소리, 구구 과과. 산비둘기가 부리로 산벚나무 나뭇가지를 부러트려 울창한 숲에 햇살 구멍을 내는 중이다. 어두운 이 숲에 너마저 없었으면 어쩔 뻔했을까? 한낮인데도 꼭 저녁 같은 어두움과 적당한 서늘함. 산비둘기가 부러트린 가지를 밟으니 와그작, 잘 구운 파이 껍질을 씹는 소리가 난다. 촉촉한 이끼 카펫 위에 떨어진 삼각형의 환한 햇살. 그 위에 놓여 있는 산벚나무 잔가지의 껍질이 진줏빛으로 반짝인다. 어디에서 떨어진 것인가 위를 올려다보니 가지를 떨어트린 새는 보이지 않고 햇살만 칼날처럼 눈을 찌른다. 머리카락 대신 자꾸만 자라나는 브로콜리 머리를 아침마다 잘라서 올리브유에 볶아 먹는 일이 썩 나쁜 일만은 아니라고. 할머니는 말해주었지만 나는 은발의 고운 머리카락이 갖고 싶다. 어째서 나에게만 이런 일이 일어났을까? 산비둘기가 부러트리는 산벚나무의 가지는 처음부터 잎이나 꽃을 피워낼 수 없는 가지들이다. 처음부터 관속의 곰팡이들 말고는 아무도 먹을 수 없는 케라틴 덩어리일 뿐인 머리카락보다는 자라는 대로 잘라 먹을 수 있는 비타민의 덩어리인 브로콜리 머리는 어쩌면 축복일까. '호랑이 골동품점'을 찾아가는 길은 꿈속 미로보다 멀었지만 나의 태생이 저주인지 축복인지 얼굴만 비추면 알 수 있다는 수정 구슬을 꼭 보고 싶다는 생각뿐. 하지만 폭신하고 축축한 이끼 카펫 위에 산비둘기가 가지치기 해놓은 바삭한 나뭇가지를 밟는 기분을 느끼는 사이, 내 브로콜리 머리를 수정 구슬 위에 비추어 보지 않아도 나는 그냥 이 길을 하염없이 걷기만 해도 될 것 같다는 생각이 들었다. 축복과 저주 사이에서 한낮의 어둠을 느끼는 이 고즈넉한 길을 홀로 걸을 수 있었다는 것만으로 '호랑이 골동품점' 따위 이 세상 어디에도 없는 곳이라고 해도 괜찮았다.

마트료시카 시침핀 연구회 14
_오늘은 고기압의 영향으로

소용없거나 소용이 다한, 예쁘기만 한 물건들은 대체로 쇼윈도 안에서도 고상하게 외롭습니다. 백 년 전, 이 가게에 왔던 손님이 놓고 간 회중시계가 쇼윈도 사이드 테이블 위에서 째깍째깍 소리를 내지만. 그 시계는 파는 물건이 아닙니다. 초침은 움직이지만 시침과 분침은 움직이지 않거든요. 그 시계의 주인이 죽은 날의 시와 분에서 멈추어버렸다고 하는데. 사실인지 아닌지 확인해 드릴 수는 없습니다. 오늘은 고기압의 영향으로 중부지방은 내내 맑겠습니다. 가게에 틀어둔 라디오 뉴스에서 전해주는 오늘의 날씨입니다. 부서지는 햇살을 흰 레이스 양산에 받치고 들어온 여인이 들고 있는 것은 19세기 풍의 면구정실로 짠 네트 백이었습니다. 그 안에 든 물건들이 그물 사이로 보이는데. 오타루 산 오르골, 오키나와 흑설탕 캔디 한 봉지, 손잡이가 달린 작은 병에 든 메이플 시럽, 전주 초코파이였습니다. 초코파이는 이

더운 날에도 녹지도 찌그러지지도 않고 동그란 보름달 모습 그대로였구요. 가운데 초코 코팅이 묻어 있지 않은 마름모도 그대로였습니다. 오타루 산 오르골은 주먹만 한, 낮은 원통형의 물건인데 뒤에 감는 태엽이 있습니다. 태엽 옆에 붙어 있는 작은 한자와 가타카나가 '小樽オルゴール'인 것을 보고 오타루 산인지 알 수 있었지요. 그리고 오르골이 내는 소리의 제목일 듯한 'Sweet dream'. 캔디를 하나하나 감싼 작은 봉지들이 비치는 검은 줄무늬 봉지에 'おきなわ黑糖キャンデー'라고 적혀진 캔디는 언젠가 입속에 넣었다가 오랫동안 남아 있던 검은 달콤함이 떠올려지는 것입니다. 검지만 들어갈 작은 손잡이가 달린 단풍나무가 그려진 메이플 시럽도 그렇구요. 저 여인은 어째서 저렇게 달콤한 것들만 골라서 네트 백에 넣고 다니는 걸까요? 그런데 얼마나 더 달콤함이 필요해 이곳에 온 것일까요? 오늘은 고기압의

영향으로 구름 한 점 없이 맑은 날씨였지만, 그리고 그녀가 받치고 온 흰 레이스 양산도 너무나 눈부셨지만. 그녀의 얼굴은 웃어본 지 오래된 듯, 구관 인형 같은 표정이었습니다. 어쩌면 그래서 저런 달콤한 소품들을 누구나 볼 수 있도록 네트 백에 담아서 가지고 다니는지 모르겠습니다. 있어도 그만 없어도 그만인, 이제는 누구에게도 소용이 없거나 소용이 다한 쇼윈도 물건처럼, 어두운 숲을 지나 들어온 '호랑이 골동품점' 거리에서 흰 양산을 받치고 다니는 그녀는 '世上'이라는 커다란 쇼윈도 안에서 고상하고 외롭게 늙어가고 있는지도 모릅니다.

마트료시카 시침핀 연구회 15
_구름관찰자

해 뜰 때부터 해 질 녘까지 구름의 색과 모양이 태양의 고도와 바람의 방향에 따라서 달라지는 것을 천천히 볼 수 있다는 것은 나에게 무슨 의미일까? 하루 종일 아무것도 못하고 구름의 모양만 관찰하는 나는 마트료시카 시침핀 연구회 소속 구름관찰자인데.

그날 그곳의 하늘은 〈트루먼 쇼〉에서 본 적 있는 바다 저편에 걸린 세트장의 하늘 같았고 국도변에 로드킬 당한 백구가 있었어. 개의 몸통은 이미 지나가는 차들의 바퀴에 깔려 아스팔트 위에서 납작해져서 머리만 남아 있었고 피가 묻은 개의 흰 털이 날리고 있었던가? 확실한 것은 다이얼을 돌려 주파수를 맞추는 라디오에서 '위키드 리틀 타운'이 흘러나오고 있었어.

목성의 호른 연주자처럼 어딘가에 분명히 있지만 우

리는 잘 모르는 그런 직업을 가진 이들처럼. 쉽게 만날
수 없고, 만날 수 없다는 이유 때문에 존재하지 않을 것
같은 착각을 사람들은 행운이라고 말하는 것이 아닐까?
이를테면 이런 것.

　별로 친하지도 않은 친구가 시내에 있는 부티크 호텔
에서 쉬고 싶어서 14박 15일을 예약했대. 예약금으로
숙박비의 50%를 지불했는데 예약을 취소하면 예약금
으로 낸 숙박비의 70%를 위약금으로 물어줘야 한다며
자기가 내야 할 위약금의 50%만 주면 자기 이름으로 예
약한 방에 머물러도 좋다고 연락이 왔어. 그런데 난 그
만한 돈이 없는데? 그럼 돈은 나중에 줘도 되니까 지금
은 그냥 호텔로 가서 자기 대신 잘 쉬어주라며 호텔의
예약번호를 알려주었어. 나머지 숙박비도 친구가 지금
당장 선불한다고. 나는 갈 곳이 없는 사람이기 때문에

당연히 곧장 그 호텔로 갔지. 그런데 예약된 호텔 앞엔 난민들이 검은 옷을 입은 공무원들에게 난민신청을 받아달라고 시위를 하고 있었고 (나도 사실 난민인데) 그 광경을 무덤덤하게 바라보며 나의 낡은 트렁크를 끌고 호텔로 들어가 체크인을 했지. 친구가 예약한 방은 창이 북향이었는데 암막 커튼을 젖혀보니 눈이 오고 있었어. 그리고 창밖으론 한옥마을이 건설 중이었는데 그 한옥은 모두 가장 작은 피스의 레고로 만들어졌고 하늘에서 커다란 타워 크레인이 레고로 만든 한옥을 한 채씩 옮기고 있었어. 내가 묵게 된 북쪽 창가 부티크 호텔의 이름이 침대 옆 사이드 테이블에 놓인 머그잔에 쓰여 있었는데 https://www.boutiquehotelsnow……

사악한 작은 도시에 형성된 레고로 만든 한옥마을에서 몸통은 자동차들에 깔리고 머리만 남은 백구와 부티크 호텔 앞 검은 옷의 공무원들과 낡은 트렁크를 끌고 먼 길을 온 난민들과 그리고 목성 어딘가에 있을지도 모를 호른 연주자와 함께, 해 뜰 때부터 해 질 녘까지 구름의 색과 모양이 태양의 고도와 바람의 방향에 따라서 달라지는 것을 천천히 볼 수 있다는 것은 아무나 가질 수 없는 행운인지도 몰라.

마트료시카 시침핀 연구회 16
_덕수제화

산책길에 깨진 보도블럭으로 만든 묘비를 봤다

묘비엔 '덕수릉'이라고 쓰여 있었다

비둘기가 물어다 놓은 붉은 산 버찌와

들쥐가 가져다 놓은 보랏빛 싸리 열매가 제물로 놓여

있었다

'덕수'는 누구일까?

오래전 아내와 아이를 앞세워 보낸 남자

'덕수제화'라는 구둣방을 하던 남자의 이름

그는 구두를 지어 모은 돈으로

아내와 아이만 북해도 크루즈 여행을 보냈는데

그들은 돌아오지 않았다

덕수의 아내와 아이가 탔던 크루즈는 쇄빙선이었다고

얼음을 깨고 북극으로 가던 그 배는

안개 짙은 겨울바다에서 감쪽같이 사라졌다.

그 바다에 면한 3개국의 수색대가 1년을 넘게 수색했지만 배에서 떨어진 구명튜브 하나 찾을 수 없었다고 한다

그 후로 오랫동안 덕수제화의 문은 열리지 않았다

사실 덕수제화의 손님은 '마트료시카 시침핀 연구회 심포니'의 오케스트라 단원들이 전부였다 '마트료시카 시침핀 연구회 심포니'에 입단할 때 단원들은 모두 덕수제화에서 구두를 맞췄다 왜냐하면 단원들은 평소에는 각자 개인 연습만 하고 있다가 연주회가 있는 날 그 구두를 신고 모여서 리허설로 단 한 번만 연주해도 완벽한 하모니를 만들어냈기 때문이다

덕수,

그가 언제 어디서 어떻게 죽었는지

아무도 알 수 없지만

비둘기와 들쥐들이 살피는 무덤이

그의 무덤인지도 확실하지 않지만

덕수가 사라지자

'마트료시카 시침핀 연구회 심포니'는 해체되었다

마트료시카 시침핀 연구회 17
_희망의 소실점

나는 동쪽으로 가고 있었고 아침이었다 그런데 어느 순간 도로의 끝으로 해가 지고 있었다 바늘에 찔린 손에서 떨어진 핏방울이 푸른 물에 떨어져 퍼지는 것 같은 노을이 번지고 있었다

돌보지 않는 밤의 거미줄 같고 먼 고향을 떠나 겨울을 지내러 온 철새에게서 떨어진 깃털 같은 심정으로 차를 세우고 차가운 유리에 이마를 대고 창밖을 내다보았다 잠든 검은 비닐하우스들이 누워 있었고 어둠 속에서 개구리들이 울고 있었고 회색 눈발이 사방으로 흩날리고 있었다 나는 분명 동쪽으로 가고 있었는데 여름이었고 아침이었는데 보이지 않는 거대한 손이 내가 지나고 있는 땅을 반대편으로 돌려놓은 것처럼 저 핏빛 노을과 어둠과 회색 눈은 어디서 온 것일까

'마시연'에서 파견된 마음들이 종이 상자에 담겨 야적장의 나무 팰릿에 차곡차곡 쌓이고 있었다 지게차 기사가 상자가 쌓인 팰릿을 들어 올려 트럭에 싣고 있었다 그 마음들은 어디로 가는 건가요? 허망하게 친구가 죽은 사람들에게 배달될 겁니다 방향을 잃고 도로를 헤매는 사람들에게, 계절을 모르고 시간을 잊은 사람들에게, '마시연'에서 파견된 마음을 실은 트럭이 고속도로에 진입했다 도로 외곽으로 잠든 검은 비닐하우스들이 누워 있었고 어둠 속에서 개구리들이 울고 있었고 회색 눈이 흩날리고 있었고 도로의 끝으로는 핏빛 노을이 번지고 있었다

마트료시카 시침핀 연구회 18
_실종

그것에겐 이름이 없어,

사람들은 그것을 필요로 할 때 늘,

'그것 혹시 못 봤어?'라고 했다

그래도 모두들 그것이 그것인 줄 알고

그것을 찾아주고

그것의 위치를 알려준다

그것은 가끔

살아 있기도 하고 죽어 있기도 하다

누군가 그것을 필요로 할 때만 활성화되고

비활성화된 상태를 죽어 있다고 표현할 수도 있지만

그것은 분명 무생물이라고 할 수 없다

스스로 움직이고 생각하고 변화하고 있기에

그것의 위치는 계속 변한다

그래서 아무도

그것을 쓰거나 그것과 함께한 이후

그것을 마지막으로 놓아두거나 헤어진

정확한 위치를 알 수가 없다

하지만 누군가 그것을 찾을 때

아무라도 그것을 어디선가 보았기 때문에

그것이 필요한 사람들에게

그것의 위치를 알려준다

그러면 그것은

필요한 사람의 눈에 띄기 마련이다

하지만 어느 날

그것이 작정하고

사람들에게서 사라지기로 마음먹는다면,

누군가의 필요에 의한 활성화를

스스로 멈춘다면,

아무도 영영

그것을 찾을 수 없다

마트료시카 시침핀 연구회 19
-가수의 전생

가수가 노래한다

은빛 커트 머리를 하고

소매 끝에 지퍼가 달린 흰 투피스를 입고 있다

투피스엔 온통 별빛 같은 스팽글이 수놓아져 있다

그녀가 움직일 때마다 미러볼에 반사된 조명

그 조각난 조명 하나 하나

흰 투피스에 수놓아진 스팽글에 부딪히며 반짝거린다

마치 팅커벨의 빛나는 날개처럼

피아노와 색소폰, 더블베이스, 드럼 연주자들이

그녀의 뒤에 있다

가수가 노래한다

Sing, Sing a Song……

한 많은 이 세상 야속한 님아……

죽도록 사랑했는데……

한 오백 년 사자는데 웬 성화요……

내가 만약 외로울 때면 누가, 누가 나를 위로해주지……

눈가에 레이스같이 접히는 주름

치아도 많이 빠졌고(심지어 틀니도 빼고 왔다)

입을 크게 벌릴 땐 분홍 잇몸이 보인다

꼭 갓난아기의 잇몸처럼

그녀의 성대에선

노래가 끝나면 쇳소리밖에 나오지 않는데

노래를 하면 노래가 나온다

오래전 그녀는 피터 팬이었다

피터 팬이었던 그녀는 나에게 이렇게 말한 적 있다

"봄맞이 대청소 날엔 꼭 나를 만나러 올 거지?"

더 오래전 그녀는 오페라의 디바였고,

유명 작곡가의 아내였다

밤마다 오페라 무대에 섰고, 그녀의 무대는 늘 만석

하지만 불행했던 일생 무대 밖에 구원이 없는 디바

무대에 오르기 위해서 많은 별을 따야 했다

아픔과 슬픔을 알지 못하는 가수는 가수가 아니라고

기쁨과 즐거움도 모두 환상통(幻想痛)

그 속에서 영원한 벌과 상을 받고 있는 피터 팬

이젠 봄맞이 대청소 날이 와도 아이들은

피터 팬을 찾지 않는데

(그리고 놀랍게도 아이들은 이제 아이들이 아니다)

은빛 머리 가수의 흰 투피스에 스팽글 자수 같은

팅커벨의 날개 가루를 아무리 뿌려도

미세먼지와 도시의 매연이 녹은 검은 비에 씻겨버려

아무도 날지 못한다

마트료시카 시침핀 연구회 20

_호조(呼鳥)

꽁꽁 얼어붙은 하늘, 뜯어진 봉지 속의 카스텔라, 폐지 박스를 옮기는 노인의 손수레, 자동 컨베이어에 치여 죽은 청년, 아무도 오지 않는 강변, 말라 죽은 물푸레나무, 요정 멜리아스…… 호조가 모아온 오늘의 단어였다.

조용하고 평화로운 곳을 좋아하도록 세팅된 호조는 전쟁과 폭력의 상징 '멜리아스'에서 멈추었다. 가이아의 사주를 받은 크로노스가 아버지 우라노스를 거세하며 떨어진 핏방울에서 태어난 요정이라니. 21세기에 태어난 호조가 처음 한글을 배우고 읽게 된 텍스트가 『훈민정음』이 아니라 『그리스 로마 신화』라는 것은 마트료시카 시침핀 연구회(이하 '마시연')로서는 당연한 결과라고 예측했다. 왜냐하면 요즘 한글을 뗀 아이들에게 젊은 엄마들이 선호하며 읽히는 전집 동화가 『그리스 로마 신화』였기 때문이다. '마시연'의 A.I 담당자는 생각했다. 호조에게 중국 한자를 먼저 가르쳤다면 『詩經』을 읽었을 텐데. 하지만 일류역사상 가장 과학적이고 합리적으로 모든 소리를 적을 수 있다는 '한글'을 첫 언어로 설정한 것은 '마시연'으로서는 최선의 선택이었다. 인간의 발성기관 모양을 딴 자음과 하늘과 땅과 사람을 상징하여 딴 모음의 조합인 한글은 못 만들어내는 글자가 없었으니까. 심지어 쀏퉁녯 같은 기계어도 만들 수 있었다.

멜리아스에서 멈추어 디버깅*하는 호조를 바라보며 '마시연'의 A.I 담당자는 거제도산 유자로 만든 유자청을 두 스푼이나 타서 진한 유자차를 끓여 호조의 책상 앞에 놓았지만, 호조는 그것을 마실 수 없었다. 세상에는 디버깅해야 할 단어들이 수천만, 아니 저 은하수의

* Debugging. 컴퓨터 프로그램의 잘못을 찾아내고 조사하는 과정.

별처럼 많기 때문에 호조는 0.0000000001초도 허투루 쓸 수가 없었다. '마시연'의 담당자는 두산대백과를 섭렵 중인 호조가 구글링으로 모아온 오늘의 첫 단어, '꽁꽁 얼어붙은 하늘'로 돌아가 티스푼에 남은 유자차 세 방울을 호조의 모니터에 떨어트려주는 것으로 오전 업무를 마쳤다.

마트료시카 시침핀 연구회 21
_고흐의 마을에 내리는 비

새벽에서 아침으로 날이 밝았고 비가 왔다

더 이상 어둡지도 환해지지도 않을 것 같은

내내 아침인지 저녁인지 분간할 수 없는 밝기

미치도록 좋아하는 것도 사라지고

꼴도 보기 싫을 만큼 미워하는 것도 사라지면

삶은 무슨 의미를 가질까?

폭우도 폭설도 아닌

잔잔하게 하루 종일 내리는

미지근한 여름비를 맞으며

부추밭 사이를 걷는다

걸으며 생각한다

다람쥐가 죽으면 눈이 내린다는 안달루시아[*]

수천수만의 날개를 달고

지붕이며 굴뚝에 내려앉아 쌓이는

샤갈의 마을에 내리는 눈[**] 을

생각한다 부추밭 사이를 걸으며

맵고 아리고 어둡고 축축한

폭우도 폭설도 아닌 밝기로

고흐의 마을에 내리는 비

* 김춘수의 시 「호두」에서
** 김춘수의 시 「샤갈의 마을에 내리는 눈」에서

마트료시카 시침핀 연구회 22
_산책

꽁지와 날개는 노랗고

머리엔 붉은 깃털이 있는

작은 새들을 보았다

꽤 시끄럽던 작은 새 두 마리

싸우는 건지 짝짓기의 노래인지

알아들을 수는 없었지만

인간의 소리가 아니라서 좋았다

너무 커서 크기를 짐작할 수 없고

아무리 손을 뻗는다 해도 잡을 수 없고

잠시 딴생각하다 보면 영영 사라져버리거나

다른 것으로 변해버려 찾을 수 없는 것

칠월의 아침

오므렸던 꽃잎을 나팔처럼 펼치는

여린 분홍과 흰빛 사이 작은 어둠

그 새까만 씨앗이

잠든 아기 이마의 땀처럼

동그랗게 맺히는 동안

작은 새들의 높은 지저귐과

짝사랑 같은 구름과

그리고 낯선 이에게 함부로 내민

거즈 손수건 같은 것

마트료시카 시침핀 연구회 23
_인형의 빨간 부츠

아이는 마론인형이 너무 갖고 싶었어요. 하지만 집엔
인형이 없었죠. 그래서 문방구 앞에서 파는 종이 인형을
사다 정성껏 오려서 놀았어요. 그런데 어느 날 아버지
가 문방구에서 파는 마론인형을 사다 주셨어요. 정말이
지 아버지가 그런 걸 사다 주시리라고는 상상도 못 했거
든요. 아이의 집엔 아이들이 많았고 살림 형편은 늘 빠
듯했으니까요. 아버지는 자식 중 누구에게만 특별한 걸
사다 주실 분이 아니었어요. 인형은 자매들이 모두 갖고
싶어 했지만 아버지는 하나만 사다 주셨죠. 그러면서 이
렇게 말씀하셨어요. '싸우지 말고 사이좋게 가지고 놀아
라.'

아버지가 사다 주신 인형은 금발에 커다랗고 반짝거
리는 눈동자에 중국식 원피스를 입고 빨간 부츠를 신고
있었어요. 그런데 한쪽 부츠가 없는 거예요. 아이는 아

버지께 왜 부츠가 한 짝밖에 없어요? 하지만 아버지는 모른다 하시죠. 아이는 울고 싶었지만 울지 않았어요. 그리고 인형을 싸고 있던 포장 비닐을 봤더니 밑이 터져 있었던 거에요.

학교 앞 문방구주인은 아버지 친구였는데, 그곳은 아이들 학용품과 플라스틱 장난감, 과자와 불량식품을 같이 팔던 곳이죠. 아버지는 월급날이면 늦은 밤, 기차역에서 내려 셔터 내린 동창의 문방구에 들러 소주 한잔을 하시고는 그 집에서 아이들에게 줄 가나초콜릿이나 빠다코코넛을 사 오시곤 했어요. 그런데 어느 날 '네 딸이 맨날 요 인형을 만지작거리고 가더라'는 말을 문방구 아저씨가 해주셨던 거예요. 아버지는 그날 처음으로 빠다코코넛 대신 한 아이를 위해서 마론인형을 사 오신 거죠. 하지만 아버지도 문방구 아저씨도 인형의 포장지가 뜯어져 그 사이로 부츠가 벗겨진 줄 모르신 거죠. 아이는 너무 속상해서 다음날 학교 갈 때 그 인형을 들고 문방구를 찾아갔어요. 아저씨에게 마론인형의 부츠를 찾아 달라고. 하지만 아저씨는 모른다 하시죠. 그러나 아이는 인형의 빨간 부츠를 포기할 수 없었어요. 그 빨간 부츠는 분명히 문방구 안에 있을 거라는 확신이 있었거든요.

금박이 붙은 천과 조잡한 레이스로 만든 작은 옷을 입고 비닐 포장에 싸여 있던 마론인형들, 그리고 포도송이처럼 한 줄에 묶여 있는 동그랗고 빨간 복돼지 저금통들, 작은 플라스틱 소꿉놀이 세트, 가짜 청진기와 은박 플라스틱 헤드미러가 들어 있는 병원놀이 세트 같은 것들이 비닐 포장에 묶여 주렁주렁 걸려 있던 문방구의 낮은 천장으로부터. 그 바로 아래에는 쫄쫄이, 아폴로, 왕 눈이 눈깔사탕, 뽀빠이 등의 간식들이 깔린 매대까지. 아이는 샅샅이 살펴보았어요. 오오오! 역시. 딸기맛 아폴로가 깔린 매대 위에 인형의 빨간 부츠가 떨어져 있는 거예요. 문방구 아저씨 눈에는 안 보이고, 오직 아이에게만 보이도록!

잃어버린 빨간 부츠 한 짝을 드디어 인형의 맨발이었던 왼쪽 발에 신겨주었지만 부츠는 인형의 발에는 너무 커서 스르륵 빠지는 거예요. 하지만 빠지는 부츠를 꽉 잡아 다시 인형의 발에 끼워 넣으며 아이는 집으로 돌아갔어요. 아이는 자꾸 빠지는 인형의 부츠 밑에 종이를 꾸겨 넣어 갖고 놀 때 빠지지 않도록 단단히 고정시켰지만. 언제 어디서 잃어버린 건지……. 이제는 빨간 인형 부츠도, 부츠의 주인인 금발의 마론인형도, 인형을 돌보던 똘똘했던 그 아이도 어디로 갔는지 알 수 없어요.

시인노트

'쓸데없는' 시인의 산문

내 시에 대해서라면 할 말이 무척 많지만, 또 아무 말도 하고 싶지 않다. 왜냐하면 내 시들은 모두 '사랑 시'인데, 내 시를 그렇게 읽어주고 평가하는 사람들이 없기 때문이다. 그래서 그냥 말을 하지 말자, 시를 더 잘 쓰자라는 생각뿐이다.

하지만 어떻게 하면 시를 더 잘 쓰는 건지 모르겠다. 경험이 풍부하면 시를 잘 쓰는 걸까? 감수성이 폭발하면 시를 더 잘 쓰는 걸까? 머리가 똑똑하면 시를 더 잘 쓰는 걸까? 처음 '시'라는 것을 나의 가장 아끼는 공책에 적어보던, 아직 나의 문학이 어디로 갈지 몰랐던 청소년기는 빼고, 이십대 초반 본격적으로 문학 공부를 하던 그때부터 지금까지 이십 년이 넘는 시간 동안 시를 써왔는데, 아직도 잘 모르겠다. 어떻게 하면 시를 잘 쓸 수 있는지. 하지만 그동안 분명한 사실 하나는 깨달았다.

아무도 내 시를 읽지 않는다면 나는 시를 쓰지 못했을 거라는 것.

시를 너무 쓰고 싶은데, 어디서도 청탁이 오지 않았을 때도. 청탁이 밀려서 원고를 감당하지 못 했을 때도. 나는 계속 시를 생각했다. 막상 '시를 쓰는' 시간보다 '시를 생각하는' 시간이 더 길고 많았다. 그 '시를 생각하는' 시간 중에도 '나는 왜 시를 쓰려는 걸까?'라는 쓸데 없는 생각을 가장 많이 했다. 그런 생각들을 지금에 와서 '쓸데없다'고 말하는 것은, 막상 한글 창의 하얀 백지를 마주하였을 때. 시의 첫 문장, 혹은 진한 글씨체로 떠오르는 어떤 한 단어. 그것이 타다닥, 커서를 움직이며 뒤로, 뒤로 나아갈 때 깨닫는다.

내가 하고 싶은 말은 이것이었구나. 내가 소리치고 싶

은 단어는 바로 이거였어! 하고 계속 검은 커서가 움직이는 대로 내 손이 전진할 때. 나는 그 격렬하고도 서늘한 감정을 느끼고 싶어서 시를 쓰는 것이었다.

내가 아무리 훌륭한 시를 쓴다고 해도, 내 시를 많은 사람들이 제대로 읽지 못하고, 평가도 못 받고, 그 고매하신 독자들은 도대체 어디에 있는지 내가 상관할 바 아니라며, 얼마 되지도 않는 원고료를 통장에서 찾아 육개장에 참이슬 한 병을 사다 내 식탁에 올려두게 될 때, 나는 하지 않아도 되는 생각을 했었다.

지금은 그런 생각들은 모두 '쓸데없다'는 것을 잘 안다. 아무리 내가 시를 못 쓰겠다고 엄살을 부린다 해도, 한 명의 독자라도 내 시를 읽어준다면 나는 계속 시를 쓸 것이다. 그것이 나의 '사랑 시'다.

시인
에세이

POET

'마트료시카 시침핀 연구회'에 대하여

이 연작시들은 2016년 가을부터 모이게 된 광화문 광장의 사람들에게 빚지고 있다.

그해 가을에서 겨울까지, 세월호가 가라앉던 그 일곱 시간 동안 대통령은 무엇을 했는지, 그리고 대통령 대신 국정을 농단한 자들에 대해 검찰은 명명백백하게 밝혀 달라 요구했던 민주주의의 시민들에게 빚지며 쓰게 된 시들이 모여 이 연작시집이 되었다.

그때 나를 가장 고무시켰던 광장의 깃발은 흰 바탕에 검은 장수풍뎅이가 그려진 '장수풍뎅이 연구회' 깃발이었다. 내가 혹시 광장의 촛불 집회에 나간다면, 나는 어떤 깃발을 들고 나갈까. 그때 나는 퀼트 바느질에 몰두하고 있을 때였다. 그래서 모아둔 낡은 체크 무늬 셔츠의 천들을 깁고, 내가 좋아하는 마트료시카 인형을 아플리케 하여, 시침핀을 여러 개 꽂은 깃발을 만들려고 구상했다(사진). 그리고 그 깃발에 '마트료시카 시침핀 연구회'라고 쓰려 했다.

마트료시카는 열어도 열어도 그 안에 계속 같은 인형이 들어 있다. 그리고 시침핀은 바느질하려는 두 개의 천을 미리 살짝 연결해주는 역할을 하는 바느질 도구이다. 세상과 나를 그렇게 살짝 연결만 해주면, 열어도 열어도 계속 나오는 나만의 판타지와 알레고리를 꺼낼 수 있다. 그것을 나만의 깃발에 표현하여, 부당에 항거하는 민주시민들의 광장에 들고 나가고 싶었다.

그러나 '마트료시카 시침핀 연구회' 깃발은 광장의 촛불 집회에 한 번도 나가지 못했다. 하지만 지금 생각해 보면 '마트료시카 시침핀 연구회'의 깃발은 어느 집회에서도 세울 일이 없길 바라며, 앞으로도 그러한 광장에는 들고 나갈 일이 없기를 바란다.

해설

마음의 증여

박동억 (문학평론가)

1. 마트료시카의 기쁨

발신인불명의 택배, 문자가 지워진 책, 낯선 방에서 발견한 인터넷 주소 등은 유형진 시인의 시에 등장하는 사물들이다. 그것은 선뜻 만지기 꺼려지지만, 눈길을 당기는 동시에 우리의 손을 그 앞에서 머뭇거리게 만들고, 다시금 그 내부를 몽상하게 만드는 마력을 지닌 사물들의 이름이기도 하다. 그러한 매혹의 원천은 무엇일까. 우리가 비밀에 매혹되는 이유는 사물이 감추고 있는 진실 때문일까, 아니면 그저 무언가를 감추는 몸짓의 신비함 때문일까. 마트료시카라는 장난감의 존재는 해석의 가능성을 제시한다. 이 러시아 인형에는 작은 인형이 들어 있다. 그 작은 인형을 열면 더욱 작은 인형이 드러난다. 이 과정을 반복하면서 그 내용물을 예측할 수 있는 순간에도 사람들이 마트료시카의 내부를 들추어보는 행위를 반복하고 즐긴다면, 우리는 때로 진실이 아니라 단지 비밀을 감추는 몸짓 자체에도 매료된다고 말할 수 있지 않을까.

유형진 시인의 시가 우리에게 선사하는 기쁨은 마트료시카의 존재 방식과 닮아 있는 것처럼 보인다. 첫 시집 『피터래빗 저격사건』(랜덤하우스중앙, 2005)부터 시인은 여러 겹의 환상으로 이루어진 세계를 구상하는 작업을 즐긴다. 인어를 요리하는 횟집, 화성에서 나타난 외계인들, 도로시와 오즈의 마법사 등 바다로부터 우주로, 외계인으로부터 동화로 도약해가는 시인의 상상력에는 한계가 없는 것처럼 보인다. 그의 시는 현실을 떨쳐버리는 환상의 파노라마를 펼쳐놓는다. 따라서 그의 시집에는 동화나 환상소설의 경우처럼 어떤 이야기가 순전히 허구라는 사실을 전면화할 때 강화되는 놀이정신과 장난기로 가득하다. 바로 그러한 천진함과 가벼움으로 두 번째 시집 『가벼운 마음의 소유자들』(민음사, 2011)에서 시인은 "그저 모두 즐기면 그뿐"(「랜드 하나리에서 오리들의 갸우뚱 피겨스케이팅 대회」)이라고 쓰기도 했다.

하지만 그것만으로 그의 환상이 완수되는 것은 아니다. 그의 시는 자주 진실을 증언하려는 자세를 취하곤 한다. 환상의 배후를 파고들다 보면 우리는 그 중심에서 타인의 상처나 절규를 발견하게 된다. 때로 그의 환상은 버려진 아이들의 농담이나 고독한 인간의 수다와 뒤섞이곤 하는데, 그러한 고통을 드러내거나 위로하는 것이야말로 환상을 만들어내는 동기인 것처럼 보인다. 시집 『우유는 슬픔 기쁨은 조각보』(문예중앙, 2015)에서 시인은 "녹지 않으려고 우리는/ 우리의 마음을 모서리부터 회색으로 칠한다"(「픽셀의 심연」)고 쓴다. 환상은 마음의 순수함을 지키기 위해, 혹은 가혹한 현실에 무너지지 않기 위해 요청되는 위장술이다. 그러나 시인은 자신의 환상이 미약한 보호구라는 사실 또한 고백한다. "나에게 기쁨은 늘 조각조각/ 꿀이 든 벌집 모양을 기워놓은 누더기 같아"(「우유는 슬픔 기쁨은 조각보」)라는 문장처럼, 환상이 누더기 천에 지나지 않는다면, 그것은 어떠한 참혹으로부터 인간을 보호해주지 못할 것이다. 어떤 의미로 시인이 재현하는 것은 그 무력함 자체다. 환상이 순진하고 덧없게

느껴지는 만큼, 역으로 깨닫게 되는 현실의 냉담함이다.

환상으로 만드는 것이 기워진 누더기와 같은 기쁨이라면, 시인의 손은 찰나의 기쁨을 고정해두는 시침핀인 셈이다. 그렇게 시적 환상은 두 가지 방향으로 움직인다. 한쪽에는 현실을 잊게 하는 동화적 세계가 있고, 다른 한쪽에는 현실의 참혹을 가리키는 알레고리가 있다. 동화적 몽상이 하나의 완결된 이야기로 표현된다면, 알레고리는 현실을 잔혹을 섬뜩하고 그로테스크한 형상으로 비유한다. 어떤 경우이든 우리는 한 편의 시를 끝까지 읽기 전에는, 농담과 증언 중 어느 한쪽에 닿게 될지 알지 못한다. 유형진 시인의 시를 읽는 기쁨의 원천은 바로 그것인지도 모른다. 한 꺼풀씩 환상을 벗겨나갈 때, 그다음 마주치게 될 것이 또 다른 환상일지, 진실의 심부인지 알 수 없다. 다만 우리는 선물상자를 열듯 시집의 다음 장을 향해 손을 뻗는다.

2. 꿈꾸는 자리

서시 「수은혈(水銀血)」은 이야기꾼의 재담처럼 느껴진

다.[*] 수명을 가늠할 수 없는 한 사람의 이야기는 갈릴레이의 재판으로부터 시작하여, 기원전 진시황제의 시대로 거슬러 올라갔다가, 1926년 시카고 밀주상의 체험으로 이어진다. 이렇게 논리적 개연성을 배제한 채 시공간을 넘나들며 상상하는 것은 어린아이의 놀이처럼 사회적 제약을 받지 않는다는 인상을 남긴다. 어떤 의미로 그것은 인간에게 상상할 자유가 주어졌다는 사실을 증명하려는 노력처럼 보이기도 한다. 따라서 그의 환상을 체계화하는 것은 정확한 이해의 방향이 아닐 것이다. 오히려 정확한 질문은 '상상의 자유'에 관한 것이어야 한다. 이렇게 물을 수도 있다. 상상력이 누구에게나 주어진 능력이라면, 우리는 삶의 어느 순간부터 몽상하는 자유를 포기하는 것일까.

실은 그만둔 적이 없다. 인간의 마음은 항상 환상을 요구한다. 마치 현대인은 전설, 동화, 환상을 거부함으로써 성인이 되는 것처럼 보인다. 어른이란 세상을 냉엄하게 받아들일 수 있는 인간, 다시 말해 일종의 기계의 렌즈처럼 현실을 객관적으로 판단하는 인간이다. 그러

---

* 연작 '마트료시카 시침핀 연구회'의 경우 부제만을 표기한다.

나 때로 어떤 좌절이나 어떤 분노를 겪은 이후에, 우리는 침대로 돌아와 꿈을 꾼다. 꿈속에서 우리는 어른스럽게 현실을 직시하는 방식을 취하지 않는다. 만지고 싶은 것을 상상하고, 맛보고 싶은 것을 마음대로 맛보며, 자신의 천진한 마음을 돌볼 뿐이다. 그렇게 꿈은 진실만을 보여준다. 오직 당신이 바라는 것만이 꿈에 나타난다. 그렇다면 우리는 다음과 같은 역설적인 결론에 이른다. 마음에 관한 한 꿈이야말로 진실이며, 현실의 꿈의 이면일 뿐이다.

유형진 시인의 환상은 꿈을 꿈으로 진술하는 방식, 따라서 우리 존재의 진실을 개시하는 하나의 방식이 아닐까. 서시의 마지막 문장에 화자는 "나의 모든 뼈 또한 납을 합금한 티타늄이라는 것을 나는 그에게 말하지 않았다"고 독백한다. 이렇듯 가장 깊은 비밀은 한 인간 존재 내부에 감춰져 있다. 비밀은 존재에 말뚝처럼 박혀 있고, 존재를 바로 세우는 뼈다. 그렇다면 또 다른 시 「납골인(納骨人)」의 "당신의 유골을 고향으로 보내드립니다. 다른 유골은 안타깝게도 수습하지 못했습니다."라는 문장에 표현된 사건, 즉 살아 있는 자가 자기 자신의 뼈를 맞닥트리는 환상은 내면의 진실과 맞닥뜨리는 사건인지도 모른다. 자신의 뼈와 마주하는 상상은 근본적으로 자아를 들여다보고자 하는 열망과 맞닿는다. 그러나 그의 뼈는 일부만을 남겨놓은 채 분실된 상태이고, 그래서 이제 '나'는 자기 존재에 대한 추모를 준비한다.

그런데 분실된 뼈는 항상 불완전한 형태로 대면할 수밖에 없는 진실의 한계를 암시하기도 한다. 그래서 시인은 시 「태풍이 지나간 자리, 쓰러진 참나무 아래」에서 감춰진 것은 "씹으면 물컹, 터져버리는 그늘의 세계"라고 쓴다. 마음의 진실은 온전한 형태로 간직할 수 없다. 입에 머금으면 터져버리고, 쥐려 하면 손에서 새어 나가고 만다. 한편 뚜렷이 들려오는 것은 마음의 신음이다. "나 여기 있어, 나 여기서 숨 쉬고 자라고 있어"라고 아우성치는 우리의 진심이다.

무엇이 인간의 마음을 억압할까. 이 시집에는 추방된 신화나 신앙의 세계가 향수된다. 시인은 우리의 시대를 '무너지는 대성당의 시대'라고 부르며, "검은 페이지에서 무너지고 있는 것들을, 나는 뚜렷하게 볼 수 있었습니다"라고 쓴다(「무너지는 대성당의 시대」). 마음속에 신성한

지향을 간직하던 시대는 이제 저물었다. 대신 "장사에 방해되니까 얼른 아이들 시신을 치워주세요"(『변함없는 수순』)라는 냉혹한 목소리처럼, 이제 인간은 신성 속에 거주하지 않고, 자본주의 안에서 거래되는 소모품이나 잉여물처럼 취급된다. 그러한 세계에서 시인이 꿈꾸는 장소는 '없음'이다. "축복과 저주 사이에서 한낮의 어둠을 느끼는 이 고즈넉한 길을 홀로 걸을 수 있었다는 것만으로 '호랑이 골동품점' 따위 이 세상 어디에도 없는 곳이라고 해도 괜찮았다"(「'호랑이 골동품점'을 찾아가는 '브로콜리 머리'」)라는 문장처럼 그는 세계에 부재하기를 꿈꾼다.

이 시집에서 차츰 드러나는 성숙의 의미란 상상하기를 그치고 자아를 속물적인 언어와 이성적인 언어로 채워 넣는 억압적 과정으로 이해된다. 시인은 그러한 성숙의 단계를 거스른다. 그는 어린아이의 어투로 현실을 조롱한다. 과장된 말씨로 그는 "한 번이라도 마블 영화보다 신나는 어드벤쳐 오락 시를 쓰는 시인으로 거듭나서 제발, 뒤집어진 호주머니에 금화가 가득 들어 있었으면 좋겠다"(「뒤집어진 호주머니를 가진 사람」)고 말하거나 "인간의 감정 추이와 변화 곡선을 냉철하게 분석해보고 미래를 이성적으로 예측하는"(「눈의 깊이」) 방식을 취해본다. 이렇듯 속물적인 욕망이나 이성적 태도를 풍자하기 위하여 반어적 수법이 활용된다. 이러한 표현에 감춰진 시인의 근본적인 태도는 세계를 부정하는 데 있다.

> 이리로 빨리 건너오세요
>
> 왜요?
>
> 그 집에서 연기가 나고 있어요!
>
> 연기가 아니고 음악이에요
>
> 음악은 위험해요 질식해서 죽을 수도 있어요!
>
> 음악 듣다 죽으면 어때서요?
>
> 「걱정의 눈」 부분

　시인에게 예술의 영토는 삶 저편에 놓여 있다. 그곳에 삶으로부터 단절한 인간만이 들을 수 있는 음악이 있다. 그 음악은 인간을 질식시키고 불태우는 순간을 견딜 때 들려온다. 이렇게 시인은 예술을 각오의 차원으로 승격시킨다. 예술가는 자기 존재를 불에 버려낼 때 예술의 정확한 심부에 도달한다. 이때 "음악 듣다 죽으면 어때서요?"라고 말하는 목소리를 환상을 창조하는 시인의 손과 함께 떠올릴 필요가 있다. 우리는 비로소 시인이 창조하는 환상의 위상이 무엇인지 확인하게 된다. 환상은 죽음까지 결단하며 진실해지기 위한 몽상, 비로소 바라던 대로 자기 존재를 불사르는 순간을 향한 향유이다.

따라서 시인이 풀어놓는 환상의 실타래를 따라가다가 우리가 마주치게 되는 것은 마음의 진실인데, 환상은 현실에 맞서는 이중의 방식이기도 하다. 환상의 한 측면은 거리 두기다. 환상이란 세속적 일상을 잊기 위한 커튼이자 끝없이 계속되는 놀이이다. 한편 환상의 또 다른 측면은 진정성으로의 회귀다. 죽음까지 결단한 주체는 비로소 자신이 진정 바라던 욕망이 무엇인지 직시한다. 그런데 이러한 진정성은 유형진 시인에게 희미한 연기나 노래로 은유된다. 손에 잡힐 듯 잡히지 않는 그 희미한 자취는 '여기 있다'고 외치는 우리 마음속 목소리이다.

3. 건네고, 건네받다

인은 홀로 놓인 타자의 마음에 눈길을 주는 데에도 주력한다. 미군 아버지에게 버려진 혼혈아, 실종된 구둣방

주인 '덕수', 그리고 무엇보다 "'世上'이라는 커다란 쇼윈
도 안에서 고상하고 외롭게 늙어가고"(「오늘은 고기압의 영
향으로」) 있는 사람에 대하여 그는 말한다. 그것은 우리의
일상 속에서 손쉽게 외면되는 인간의 쓸쓸함이다. 인간
의 악의는 "목성의 호른 연주자처럼 어딘가에 분명히 있
지만 우리는 잘 모르는 그런 직업을 가진 이들처럼, 쉽게
만날 수 없고, 만날 수 없다는 이유 때문에 존재하지 않을
것 같은 착각"을 행운으로 여기며, 단지 자신의 삶을 하
루하루 이어나가는 평범함 속에 있다(「구름관찰자」). 반대
로 시인은 '목성의 호른 연주자'가 존재한다고 믿어야 한
다고 말하는 셈이다. 상상 불가능한 장소에서도 고통받
는 이가 존재한다는 사실조차 외면해서는 안 된다.

　심지어 이 시집에서는 사물조차 말한다. 장미나무로
된 주걱은 악기처럼 소리를 내고, 육개장은 인간보다 풍
부한 이백 가지 감정을 지니고 있다. 인간이라는 부르주
아지에 맞서 "그 모든 프롤레타리아트인 식재료들은 육
개장의 혁명에 의해 끝내 승리하리라"(「육개장의 이백 가지
이모션」)라는 이 우스꽝스러운 공산당 선언의 패러디는
자본가와 노동자의 종속 관계를 인간과 사물의 위계 관

계로 전도시킨다. 중요한 것은 혁명의 내용이다. '육개장의 이백 가지 이모션'이라는 표현처럼, 시인은 하나의 사물 속에도 번역될 수 없는 다양한 감정이 깃들어 있음을 암시한다. 사물조차 그렇다. 더 나아가 이 선언에는 타자의 감정에 관해서도 환원될 수 없는 깊이가 존재하며, 따라서 어떤 존재이든 단순한 사물로 취급해서는 안 된다는 선언이 내포되어 있다고 생각할 수 있다.

그런데 환상에 머무는 것은 성숙의 거부이기도 하다. 그것은 이해타산을 중단하고 아이처럼 타자에게 손을 내민다는 의미이기도 하다. "오직 아이에게만 보이도록" 만들어진 세계가 있다(「인형의 빨간 부츠」). 동심은 때 묻지 않은 눈으로 사람들과 눈을 마주치려는 노력이다. 시 「희망의 소실점」에는 기적처럼 한 사람의 마음이 다른 사람에게 전해지는 순간이 상상된다. 마음은 '종이 상자'에 담겨 사람들에게 향한다. "그 마음들은 어디로 가는 건가요? 허망하게 친구가 죽은 사람들에게 배달될 겁니다 방향을 잃고 도로를 헤매는 사람들에게, 계절을 모르고 시간을 잊은 사람들에게"라는 문장으로부터 우리는 시인이 무엇을 돌보려는지 깨닫는다. 어떤 참혹한 사건 이후에 우리는 감당할 수 없는 타자의 슬픔이 남겨지는 것을 본다. 트럭에 실려 타자에게 전해지는 종이 상자들은 손이다. 손으로 손을 어루만지듯, 시인은 그러한 타자의 슬픔에 수많은 손이 얹어지기를 바란다. 그러나 마음은 좀처럼 마음에 닿지 않는다는 사실 또한 우리는 안다. 절망 속에서 시인은 쓴다. "팅커벨의 날개 가루를 아무리 뿌려도/ 미세먼지와 도시의 매연이 녹은 검은 비에 씻겨버려/ 아무도 날지 못한다."(「가수의 전생」)

　동화적 환상으로 재현되는 것은 마음과 마음이 얽히는 순간이다. 그렇게 유형진 시인의 환상은 바로 불가능한 순간, 타자와 '나'의 마음이 얽히는 순간을 그린다. 그러나 그것은 실현되지 않는다. 오히려 "세상에는 디버깅해야 할 단어들이 수천만, 아니 저 은하수의 별처럼 많기 때문에"(「호조(呼鳥)」) 소음으로 가득한 세계를 모조리 거부하고 싶어지고 만다. 시 「고흐의 마을에 내리는 비」에서 시인은 이렇게 묻는다. "미치도록 좋아하는 것도 사라지고/ 꼴도 보기 싫을 만큼 미워하는 것도 사라지면/ 삶은 무슨 의미를 가질까?" 이제 그에게는 삶의 방향이 상실되었다. 그런데 그러한 물음 직후 그는 김춘

수 시인의 시구들을 인용한다.

> 다람쥐가 죽으면 눈이 내린다는 안달루시아
>
> 수천수만의 날개를 달고
>
> 지붕이며 굴뚝에 내려앉아 쌓이는
>
> 샤갈의 마을에 내리는 눈을
>
> 생각한다 부추밭 사이를 걸으며
>
> 맵고 아리고 어둡고 축축한
>
> 폭우도 폭설도 아닌 밝기로
>
> 고흐의 마을에 내리는 비
>
> 「고흐의 마을에 내리는 비」 마지막

세계와 맞설 힘을 잃고, 타자를 보듬을 수 없다는 사실에 좌절한 이후에, 시인은 텅 빈 자신을 발견한다. 이 시집이 담보하는 깊이는 바로 그 이후에 발견된다. 절망 끝에 시인은 갈증처럼 김춘수 시인의 목소리를 빌린다. 자신에게 더는 타자에게 마음을 건넬 방법이 없다는 것을 깨달은 순간, 반대로 그는 타인의 마음이 자신에게 옮아오는 순산에 닿는다. 이제 그는 자신의 마음 대신 타인이 사랑하는 풍경을 통해 세상을 본다. 김춘수 시인이 사랑했던 풍경과, '고흐의 마을'을 통해서 세상을 말할 수 있게 된다. 더는 삶을 사랑할 수 없을 때, 그는 다른 사람의 마음을 빌려 삶을 견딜 수 있다.

유형진 시인의 동화적 몽상은 비로소 '말하는' 순간이 아니라 '듣는' 순간에 닿는다. 당신에게 마음을 전하는 것이 아니라, 당신의 마음에 귀 기울임으로써, 한순간이나마 시인은 자신이 목표했던 순간에 닿는다. 여기서 시인은 '샤갈의 마을'이라는 아름다움으로 도피하는 것이 아니다. 현실을 거부하기 위해 각오하는 것도 아니다. 다만 그는 타자의 목소리에 귀 기울일 뿐이다. 그렇게 유형진 시인의 시에서 환상은 대화의 차원으로 이행해간다. 그렇게 시인은 타인이 사랑했던 풍경의 색채로 자신의 마음을 채색한다.

유형진에
대해

K
POET

지구의 자전을 신탁처럼 받아 안고, 너는 즐거워하기 시작한다. 내가 너를 바라보며 함께 슬픔 속으로 빠져들 수밖에 없는 것은 바로 이러한 점 때문이다. 너는 커지기 시작한다. 삼천 번 죽고 사는 것이다. 버릴 수 없다면 차라리 안고 가리라. 함께 망가져 주리라. 즐겁고 유쾌하게 불행의 비행을 하리라. 평범하게 살고 싶었던 주술사의 마지막 희망은 '랜드 하나리'에서는 불가능한 것. 사랑이 이 땅에서 불가능한 것처럼. 사랑이 삶과 죽음 너머에서나 완성되는 것처럼.

이영주, 「우리의 영혼을 흐르는 초록 피」, 기린과 숲, 2014

바이링궐 에디션 한국 대표 소설 목록

001 병신과 머저리 이청준 / 제니퍼 리

002 어둠의 혼 김원일 / 손석주, 캐서린 로즈 토레스

003 순이삼촌 현기영 / 이정희

004 엄마의 말뚝 1 박완서 / 유영난

005 유형의 땅 조정래 / 전경자

006 무진기행 김승옥 / 케빈 오록

007 삼포 가는 길 황석영 / 김우창

008 아홉 켤레의 구두로 남은 사내 윤흥길 / 브루스 풀턴, 주찬 풀턴

009 돌아온 우리의 친구 신상웅 / 손석주, 캐서린 로즈 토레스

010 원미동 시인 양귀자 / 전미세리

011 중국인 거리 오정희 / 주찬 풀턴, 브루스 풀턴

012 풍금이 있던 자리 신경숙 / 아그니타 테넌트

013 하나코는 없다 최윤 / 주찬 풀턴, 브루스 풀턴

014 인간에 대한 예의 공지영 / 주찬 풀턴, 브루스 풀턴

015 빈처 은희경 / 전승희

016 필론의 돼지 이문열 / 제이미 챙

017 슬로우 불릿 이대환 / 전승희

018 직선과 독가스 임철우 / 크리스 최

019 깃발 홍희담 / 전승희

020 새벽 출정 방현석 / 주다희, 안선재

021 별을 사랑하는 마음으로 윤후명 / 전미세리

022 목련공원 이승우 / 유진 라르센-할록

023 칼에 찔린 자국 김인숙 / 손석주, 캐서린 로즈 토레스

024 회복하는 인간 한강 / 전승희

025 트렁크 정이현 / 브루스 풀턴, 주찬 풀턴

026 판문점 이호철 / 테오도르 휴즈

027 수난 이대 하근찬 / 케빈 오록

028 분지 남정현 / 전승희

029 봄 실상사 정도상 / 전승희

030 은행나무 사랑 김하기 / 손석주, 캐서린 로즈 토레스

031 눈사람 속의 검은 항아리 김소진 / 크리스 최

032 오후, 가로지르다 하성란 / 전승희

033 나는 봉천동에 산다 조경란 / 쉥크 카리

034 그렇습니까? 기린입니다 박민규 / 김소라

035 성탄특선 김애란 / 제이미 챙

036 무자년의 가을 사흘 서정인 / 제이미 챙

037 유자소전 이문구 / 제이미 챙

038 향기로운 우물 이야기 박범신 / 마야 웨스트

039 월행 송기원 / 제인 리

040 협죽도 그늘 아래 성석제 / 전승희

041 아겔다마 박상륭 / 전승희

042 내 영혼의 우물 최인석 / 전승희

043 당신에 대해서 이인성 / 마야 웨스트

044 회색 시 배수아 / 장정희, 앤드류 제임스 키스트

045 브라운 부인 정영문 / 정영문

046 속옷 김남일 / 전승희

047 상하이에 두고 온 사람들 공선옥 / 전승희

048 모두에게 복된 새해 김연수 / 마야 웨스트

049 코끼리 김재영 / 미셸 주은 김

050 먼지별 이경 / 전미세리

051 혜자의 눈꽃 천승세 / 전승희

052 아베의 가족 전상국 / 손석주

053 문 앞에서 이동하 / 전미세리

054 그리고, 축제 이혜경 / 브루스 풀턴, 주찬 풀턴

055 봄밤 권여선 / 전승희

083 상춘곡 윤대녕 / 테레사 김

056 오늘의 운세 한창훈 / 케롱 린

057 새 전성태 / 전승희

058 밀수록 다시 가까워지는 이기호 / 테레사 김

059 유리방패 김중혁 / 케빈 오록

060 전당포를 찾아서 김종광 / 손석주

061 도둑견습 김주영 / 손석주

062 사랑하라, 희망 없이 윤영수 / 전승희

063 봄날 오후, 과부 셋 정지아 / 브랜든 맥케일, 김윤경

064 유턴 지점에 보물지도를 묻다 윤성희 / 이지은

065 쁘이거나 쯔이거나 백가흠 / 장정화, 앤드류 제임스 키스트

066 나는 음식이다 오수연 / 크리스 최

067 트럭 강영숙 / 전승희

068 통조림 공장 편혜영 / 미셸 주은 김

069 꽃 부희령 / 리처드 해리스, 김현경

070 피의일요일 윤이형 / 전승희

071 북소리 송영 / 손석주

072 발칸의 장미를 내게 주었네 정미경 / 스텔라 김

073 아무도 돌아오지 않는 밤 김숨 / 전미세리

074 젓가락여자 천운영 / 전미세리

075 아직 일어나지 않은 일 김미월 / 전미세리

076 언니를 놓치다 이경자 / 장정화, 앤드류 키스트

077 아들 윤정모 / 쉘크 카리

078 명두 구효서 / 미셸 주은 김

079 모독 조세희 / 손석주

080 화요일의 강 손홍규 / 제이미 챙

081 고수 이외수 / 손석주

082 말을 찾아서 이순원 / 미셸 주은 김

084 삭매와 자미 김별아 / 전미세리

085 저만치 혼자서 김훈 / 크리스 최

086 감자 김동인 / 케빈 오록

087 운수 좋은 날 현진건 / 케빈 오록

088 탈출기 최서해 / 박선영

089 과도기 한설야 / 전승희

090 지하촌 강경애 / 서지문

091 날개 이상 / 케빈 오록

092 김 강사와 T 교수 유진오 / 손석주

093 소설가 구보씨의 일일 박태원 / 박선영

094 비 오는 길 최명익 / 자넷 풀

095 빛 속에 김사량 / 크리스토퍼 스캇

096 봄 · 봄 김유정 / 전승희

097 벙어리 삼룡이 나도향 / 박선영

098 달밤 이태준 / 김종운, 브루스 풀턴

099 사랑손님과 어머니 주요섭 / 김종운, 브루스 풀턴

100 갯마을 오영수 / 마샬 필

101 소망 채만식 / 브루스 풀턴, 주찬 풀턴

102 두 파산 염상섭 / 손석주

103 풀잎 이효석 / 브루스 풀턴, 주찬 풀턴

104 맥 김남천 / 박선영

105 꺼삐딴 리 전광용 / 마샬 필

106 소나기 황순원 / 에드워드 포이트라스

107 등신불 김동리 / 설순봉

108 요한 시집 장용학 / 케빈 오록

109 비 오는 날 손창섭 / 전승희

110 오발탄 이범선 / 마샬 필

001 버핏과의 저녁 식사-**박민규** Dinner with Buffett-Park Min-gyu

002 아르판-**박형서** Arpan-Park hyoung su

003 애드벌룬-**손보미** Hot Air Balloon-Son Bo-mi

004 나의 클린트 이스트우드-**오한기** My Clint Eastwood-Oh Han-ki

005 이베리아의 전갈-**최민우** Dishonored-Choi Min-woo

006 양의 미래-**황정은** Kong's Garden-Hwang Jung-eun

007 대니-**윤이형** Danny-Yun I-hyeong

008 퇴근-**천명관** Homecoming-Cheon Myeong-kwan

009 옥화-**금희** Ok-hwa-Geum Hee

010 시차-**백수린** Time Difference-Baik Sou linne

011 올드 맨 리버-**이장욱** Old Man River-Lee Jang-wook

012 권순찬과 착한 사람들-**이기호** Kwon Sun-chan and Nice People-Lee Ki-ho

013 알바생 자르기-**장강명** Fired-Chang Kangmyoung

014 어디로 가고 싶으신가요-**김애란** Where Would You Like To Go?-Kim Ae-ran

015 세상에서 가장 비싼 소설-**김민정** The World's Most Expensive Novel-Kim Min-jung

016 체스의 모든 것-**김금희** Everything About Chess-Kim Keum-hee

017 할로윈-**정한아** Halloween-Chung Han-ah

018 그 여름-**최은영** The Summer-Choi Eunyoung

019 어느 피씨주의자의 종생기-**구병모** The Story of P.C.-Gu Byeong-mo

020 모르는 영역-**권여선** An Unknown Realm-Kwon Yeo-sun

021 4월의 눈-**손원평** April Snow-Sohn Won-pyung

022 서우-**강화길** Seo-u-Kang Hwa-gil

023 가출-**조남주** Run Away-Cho Nam-joo

024 연애의 감정학-**백영옥** How to Break Up Like a Winner-Baek Young-ok

025 창모-**우다영** Chang-mo-Woo Da-young

026 검은 방-**정지아** The Black Room-Jeong Ji-a

027 도쿄의 마야-**장류진** Maya in Tokyo-Jang Ryu-jin

K-포엣
마트료시카 시침핀 연구회

2020년 6월 30일 초판 1쇄 발행

지은이 유형진 | 펴낸이 김재범
편집 강민영 김지연 | 관리 홍희표 박수연 | 디자인 나루기획
인쇄·제책 굿에그커뮤니케이션 | 종이 한솔PNS
펴낸곳 (주)아시아 | 출판등록 2006년 1월 27일 제406-2006-000004호
주소 경기도 파주시 회동길 445(서울 사무소: 서울특별시 동작구 서달로 161-1 3층)
전화 02.821.5055 | 팩스 02.821.5057 | 홈페이지 www.bookasia.org
ISBN 979-11-5662-317-5 (set) | 979-11-5662-493-6 (04810)
값은 뒤표지에 있습니다.